Dieser Band enthält dreizehn hintersinnige bis makabre Erzählungen. Genau solche wie sie das Leben schreibt – oder doch schreiben könnte.

Stolpern wir nicht immer wieder über Fußangeln, die uns den Blick auf den ‚rechten' Weg so hinterhältig verstellen? So geht es wohl auch der trauernden Witwe oder dem Totschläger in der Kneipe. Zählt überhaupt so ein kleiner Versicherungsbetrug schon als Schritt vom Wege? – Oder das bisschen Geld aus den Taschen der Reichen? – Es gibt tausend Gelegenheiten zu stolpern. Vierzehn davon werden hier beschrieben.

Und jede Erzählung endet mit einer Wendung, die nachdenklich oder lachen macht…

Gisela Seeger-Ays wurde vor dem Krieg in Hamburg geboren, besuchte die Klosterschule und arbeitete später als Buchhalterin. Daneben malte sie und schrieb Heftromane und Kurzgeschichten für Zeitschriften.

Nach dem Tod ihres Mannes verbrachte sie viel Zeit auf Gran Canaria, wo sie anfing, Romane zu schreiben.

Sie veröffentlichte acht Krimis und drei Romane bei verschiedenen Verlagen.

Sie heiratete auf Gran Canaria ein zweites Mal. Aus der ersten Ehe hat sie einen Sohn.

Gisela Seeger Ays

Gelegenheit macht böse

Erzählungen

August 2010
Herstellung und Verlag: Books on Demand GmbH,
Norderstedt
ISBN-13: 9783839199718

Inhalt

Ruhe sanft!

Frau Braun ging zum Fenster und öffnete es. Gerade verließ ihre Nachbarin das Haus und hastete die Straße entlang.

Frau Braun beugte sich vor und rief: „Guten Tag Frau Weber, wollen Sie einen Spaziergang machen?"

Die kleine, weißhaarige Frau antwortete ernsthaft: „Nein, ich besuche meinen Mann Bruno, wie jeden Tag."

Frau Braun drehte sich zu ihrem Mann um, der wie so oft die Zeitung studierte. „Stell' dir vor, diese Frau Weber geht jeden Tag zum Friedhof. Ich hätte nicht gedacht, dass sie so an ihrem Mann hängt. Dabei behandelte sie dieser Kerl wirklich schäbig."

Charlotte Weber war etwas außer Atem, als sie am Friedhof ankam. Zielstrebig ging sie eine breite Allee entlang und danach einen schmalen Weg zwischen zwei Grabreihen. Diesem folgte sie, bis eine große Hecke ihn versperrte. Hier lag Bruno. Dieser schöne Platz musste ihm einfach gefallen.

Der große Grabstein stand trutzig am Kopfende. Der Steinmetz hatte in schönen Buchstaben seinen Namen Bruno Weber hinein gemeißelt, den Geburts- und den Sterbetag. Der freie Raum darunter wartete auf ihren eigenen Namen. Ganz unten las man: Ruhe sanft.

Um den Stein wucherten Lupinen und Margeriten und erzählten von dem schönen Sommertag.

Am Fußende befand sich eine kleine Bank, gerade groß

genug für Charlotte. Hierhin setzte sie sich, wenn sie die Blumen gegossen und das Unkraut gezupft hatte.

Dann begann sie ihrem Bruno ausführlich zu berichten, was ihr seit dem letzten Besuch widerfahren war. So erfuhr er von dem entflogenen Vogel der Nachbarin und den vergeblichen Bemühungen der Feuerwehr ihn einzufangen. Sie klagte über die ständig steigenden Preise im Supermarkt. Und wenn sie gut 'drauf war, erzählte sie ihm auch noch den Inhalt des letzten Fernsehspiels.

Jedes Mal erhob sie sich nach einer gewissen Zeit mit den gleichen Worten. „Siehst du, Bruno, da liegst du nun und musst dir anhören, was ich zu sagen habe."

Dann ging sie zufrieden nach Hause.

Das war früher nämlich nicht so gewesen. Wenn Bruno von der Arbeit nach Hause kam, wollte er nur sein Essen und seine Ruhe. Er versäumte keine Sportsendung im Fernsehen und las wirklich jeden Artikel in seiner Zeitung. Mit ihrem Hausfrauenkram sollte sie ihn gefälligst in Ruhe lassen. Er hörte einfach nicht zu.

Ganz schlimm wurde es, als er in Rente ging. Nun saß er den ganzen Tag im Haus, langweilte sich und ärgerte Charlotte.

Vielleicht bekam er es deshalb mit dem Herzen? Der Arzt meinte, es sei nicht schlimm, ihm fehle nur eine Aufgabe.

Doch Bruno wusste es besser und änderte sein Leben nicht.

Manchmal quälten ihn dann diese Herzanfälle, wo er so schwer Luft holen konnte. Der Arzt gab ihm Tabletten, die er nur bei so einem Anfall nehmen sollte. Dieses Nitroglyzerin wirkte fast augenblicklich. Und Bruno meinte, damit ließe sich gut leben.

Eines Tages, als Bruno vor dem Fernseher saß, untersuchte Charlotte eine dieser Pillen am Küchentisch näher. Die Gelatinekapsel ließ sich öffnen, ein winziger Tropfen, ähnlich wie Öl, lag jetzt auf der Tischplatte. Charlotte sah ihn ängstlich an. So etwas konnte doch explodieren! Sie wischte ihn mit einem Lappen fort und warf alles in den Mülleimer.

Schade, nun hatte sie eine von den schönen Pillen verdorben.

Sie holte also das Speiseöl und praktizierte einen Tropfen in die Kapsel. Schon sah sie wieder aus wie vorher. Sie unterschied sich nicht von den anderen Kapseln.

Bei dem nächsten Anfall gab sie Bruno die Pille mit dem Speiseöl. Sie half natürlich überhaupt nicht. Charlotte passte genau auf. Der Anfall wurde so schlimm, dass Charlotte ins Nebenzimmer gehen musste, weil sie es nicht mit ansehen konnte.

Als sie wieder nach Bruno sah, röchelte er und seine Glieder zuckten. Sie legte ihm die Hand auf die Stirn und sagte: „Hab' keine Angst. Ich rufe sofort den Arzt."

Das tat sie auch. Doch bevor er kam, ließ sie noch eine andere Pille neben das Bett fallen.

Der Arzt sagte, es wäre sehr ernst und rief den Krankenwagen. Als man Bruno fortgebracht hatte, entdeckte er die Kapsel am Boden. „Sehen Sie nur, er hat sie fallen lassen. Darum wurde der Anfall so schlimm."

Charlotte starrte ihn erschrocken an. „Ich habe sie ihm gegeben, bestimmt. Ich sah doch, wie er das Wasser trank."

Der Arzt beruhigte die weinende Frau: „Sie müssen sich keine Vorwürfe machen. Es ist nicht Ihre Schuld. So etwas kann passieren. - Ich weiß ja, wie rührend Sie sich um Ihren Mann kümmern. Ich werde die Kapsel in meinem Bericht nicht erwähnen."

Bruno starb in der Nacht.

Charlotte kaufte sich ein schickes schwarzes Kostüm und arrangierte eine schöne Trauerfeier.

Onkel Paul hielt eine fantastische Rede. Wie schnell der Tod manchmal an die Tür klopfte. Und dass sie alle bereit sein müssten, ihn hereinzulassen.

Die Frauen schluchzten und die Männer genehmigten sich noch ein Bier.

Es war wirklich eine schöne Feier. Die Gäste gingen richtig aufgekratzt nach Hause.

Seitdem ging Charlotte jeden Tag nach dem Mittagessen zu Bruno auf den Friedhof. Es mochte noch so schlechtes Wetter sein. Nichts konnte sie davon abhalten. Sie setzte sich auf die kleine Bank und erzählte ihm, was ihr einfiel. Bis ihr der Stoff ausging.

Nur eines erzählte sie Bruno nie: Die Fußballergebnisse.

Totalschaden

Wie so oft hockte Herbert in der Kneipe um die Ecke. Doch heute fühlte er sich zu deprimiert und unverstanden, um der allgemeinen Unterhaltung folgen zu können. Darum vergrub er sich ja auch in der hintersten Ecke des Lokals.

Ihn nervte Dora, die ihm dauernd mit ihren Vorwürfen in den Ohren lag. Das bisschen Geld vom Arbeitsamt reichte hinten und vorne nicht. Und - jeder vernünftige Mann bekäme Arbeit, wenn er nur wollte. Und - den Wagen sollte er verkaufen. Der schluckte nur einen Haufen Geld für *nothing*. Und - wenn sie ihn los würden, könnten sie sich auch mal etwas leisten. - Und - und - und…

Nie ging Dora die Puste aus.

Aber er wollte den Wagen behalten. Er besaß doch sonst nichts. Er stützte den Kopf in die Hände.

Zwei Kerle setzten sich zu ihm an den Tisch. „Gehört dir die blaue Karre da draußen?"

Herbert nickte. „Was wollt ihr? Wer seid ihr überhaupt?" Der große, breitschultrige Typ schien das Wort zu führen. „Der heißt Alfi, mich nennen sie Ecki."

Herbert ergab sich in sein Schicksal. „Ich nehme an, ihr wollt den Wagen kaufen?"

Alfis Stimme klang quäkend wie ein altes Radio. „Sehen wir so aus? — Nee, wir wollen dir einen Deal vorschlagen."

Ecki winkte ihn zu schweigen. „Die Sache wird dir gefallen. Jemand klaut deine Karre. Du kriegst Kohle von der Versicherung. Und trotzdem bekommst du den Schrotthaufen wieder."

Herbert schüttelte den Kopf. „Das ist doch horrender Blödsinn. Da macht keine Versicherung mit."

Ecki grinste. „Du wirst sehen. Das läuft ab wie ein Film von der Rolle. Leider können wir diese Masche nicht zu oft abziehen. Aber wir haben auch andere Tricks auf Lager."

Die Kerle klatschten sich auf die Schenkel. Ecki bestellte für alle Bier.

Schließlich beruhigte er sich und erklärte Herbert seinen Teil an dem Plan. „Gib mir deine Autoschlüssel. Wenn der Wagen nicht mehr hier vor der Kneipe steht, meldest du ihn bei der Polente und bei ‚Zahlemann und Söhne' gestohlen. - Und solltest du die Karre zurück kriegen, bringst du sie zu Norberts Autoklinik. Schon gehört?"

„Nein, wo finde ich die?"

„Guck einfach ins Telefonbuch."

Herbert schob die Autoschlüssel über den Tisch. „Und wie geht es weiter?"

Ecki nahm die Schlüssel. „Lass gut sein. Was du nicht weißt, kannst du nicht verraten."

Herbert sah den beiden nach, als sie das Lokal verließen. Ihm stand das Wasser sowieso bis zum Hals. Hauptsache, der Wagen verschwand von der Straße - so schnell wie möglich. Er war erst vier Jahre alt. Da gab es von der Versicherung bestimmt noch gute Kohle.

Er trank noch ein Bier, bevor er sich auf den Heimweg

machte. Dora roch die Fahne und lamentierte wie gewohnt. Doch er antwortete nicht, setzte sich vor den Fernseher und zog sich den neuen Tatort rein.

Am nächsten Morgen ging er zur Polizei und zur Versicherung und meldete seinen Wagen als gestohlen. Alle waren überzeugt, den sähe er nicht wieder. Heutzutage landeten doch alle gestohlenen Wagen irgendwo im Osten.

Doch sie hatten sich geirrt. Nach vier Tagen rief ein Beamter bei Herbert an. „Heute Morgen fand eine Streife ihren Wagen auf einem Fußweg im Sachsenwald. Das heißt, was von ihm noch übrig ist."

„Was soll das heißen? Hat man ihn zu Schrott gefahren?"

Der Polizist räusperte sich. „Nein, das kann man nicht sagen. Im Prinzip ist der Wagen in Ordnung. Nur fehlen einige Teile, die vier Türen, die Kotflügel, die Motorhaube, Batterie und Reserverad. - Ach ja, den Fahrersitz haben sie auch abmontiert."

Herbert stotterte: „Das begreife ich nicht."

Der Polizist sagte resigniert: „Ich auch nicht. Vielleicht brauchte der Kerl nur das Blech - nach einem Unfall? Der klägliche Rest Ihres Wagens steht auf dem Polizeiparkplatz in Niendorf. Lassen Sie ihn innerhalb 24 Stunden abholen. Sonst kostet das Gebühren."

Herbert starrte den Telefonhörer an. Nicht schlecht. Mal was ganz Neues. Er rief also Norberts Autoklinik an.

Der Mann fragte mürrisch: „Wie ist Ihr Name? Die Autonummer? Wo steht der Wagen? - Benachrichtigen Sie die Versicherung. Bevor von denen keiner da war, fassen wir den

Wagen nicht an."

Das erledigte Herbert sofort. Für die Herren da schien diese Art Diebstahl auch völlig neu. Nach vier Tagen bekam er Bescheid. Der Sachverständige meinte: „Eine teure Angelegenheit, neue Türen, Kotflügel, Motorhaube, ja sogar der Fahrersitz, dann noch alles lackieren. Das kostet uns mehr als ein Totalschaden. Wir zahlen Ihnen den Schätzwert."

Nach einigem Zögern sagte der Mann: „Vielleicht können Sie ja selbst etwas machen und die Schrottplätze abklappern."

Herbert benachrichtigte diesen Norbert von der Autoklinik.

Der Mann meldete sich schon am nächsten Tag: „Am besten, Sie kommen gleich vorbei und sehen sich die Sache an."

Herbert staunte nicht schlecht. Alle fehlenden Blechteile lagen rund um sein Auto. Und sie besaßen genau die richtige Farbe. Herbert untersuchte den rechten vorderen Kotflügel. Ja, die Schramme kannte er.

Der Besitzer der Autoklinik grinste. „Zufrieden? Die Leute haben feste Preise. Sie warten auch, bis das Geld von der Versicherung kommt.

Nur den Fahrersitz können sie nicht liefern. Den muss ein anderer geklemmt haben."

Papierkram

Lebst du in einem fremden Land, bist du gut beraten, dir die dort gültigen Papiere zu besorgen. Auf dieser Ferieninsel in Spanien sieht man das genauso.

Das stellte auch Anton - jetzt Antonio - nach seiner Ankunft fest. Als Masseur gab es hier für ihn genug Arbeit. Den Urlaubern würde er schon erzählen, was sie für ihre Gesundheit tun müssten.

Er mietete eine Wohnung mit Praxis und vertraute auf seine Tüchtigkeit. Bald kamen die ersten Klienten. Das übrige erledigte die Mundpropaganda. Es dauerte nicht lange, und er war gezwungen, sich einen großen Terminkalender anzuschaffen.

Als guter Deutscher wollte er keinen Ärger mit den hiesigen Behörden. Darum ging er eines Tages mit einem spanischen Freund zum Ausländeramt. Dort zeigte er seinen Pass und seine Urkunden. Gewissenhaft füllte er einen Antrag aus und versprach, sich in vier Wochen wieder zu melden.

Nach dieser Frist gab man dem guten Antonio den Antrag und die Kopien der Papiere zurück. Seine Urkunden wären in Spanien nicht gültig. Achselzucken. - Vielleicht im nächsten Jahr? Nur - arbeiten dürfe er ohne Papiere nicht.

Und ohne Arbeit bekam niemand Papiere.

Und wovon sollte er leben? Das interessierte die Dame hinter dem Tresen nicht. „Der nächste bitte."

Da stand er nun. Laut Terminkalender blieb ihm keine freie Minute. Warum sollte er die Arbeit hinwerfen? Nein, es gab nur eine Lösung. Papiere mussten her - egal wie.

Er hörte sich vorsichtig um. So erfuhr er eines Abends in einer Bar die Geschichte von dem fast echten Führerschein. Antonio verfolgte hartnäckig diese Spur - mit Erfolg. Der Künstler sollte Kalli heißen und hin und wieder im Hafen jobben.

Endlich saß er ihm gegenüber. Doch Kalli wies so krumme Touren weit von sich. „Wie kommst du auf die schmale Piste?

Solche Dinger dreh' ich nicht. Ich bin sauber."

Doch nach dem fünften Bier beugte sich Kalli vertraulich über den Tisch. „Weißt du, ich helfe ja immer, wo ich kann. Ich wette, du steckst ganz schon in der Klemme, was Kumpel?"

Er sah sich vorsichtig um: „Ich kenne da einen Typ beim Ayuntamiento. - Bloß, das kostet viele blaue Scheinchen."

Antonio nickte eifrig. Klar würde er hinblättern, was der Mann verlangte.

Beim nächsten Treffen übergab er Kalli die Kohle und ein Foto von sich. Danach hörte er lange nichts von ihm. Er fürchtete schon, Kalli hätte sich mit dem Geld aus dem Staub gemacht. Doch eines Tages fand er einen Umschlag im Briefkasten. Darin lag seine ‚Residencia' - mit Foto und Fingerabdruck, direkt wie für ihn gemacht. Er kaufte einen Rahmen und hängte eine Kopie davon neben die Urkunden ins Wartezimmer.

Die Zeit verging. Die Polizei zeigte kein Interesse für Antonio oder seine Praxis. Eines Tages entdeckte unser Masseur erschrocken, dass sein spanischer Ausweis nur noch wenige Tage gültig war. Er besah ihn von allen Seiten. Das Papier und die Stempel wirkten absolut echt. Er kramte also alle Unterlagen zusammen, um den Ausweis verlängern zu lassen. Gutmütig ging sein Freund wieder mit ihm zum Ausländeramt.

Er ahnte nicht, dass ‚burocracia‘ hier manchmal ‚burrocracia‘ geschrieben wird – von ‚burro‘ gleich Esel. Und dass man sich besser mit ihr nicht anlegte.

Antonio schob den Antrag, seinen Pass und den spanischen Ausweis über den Tresen. Die zierliche Dame begutachtete alles, sah ihn kurz an und verschwand damit in das angrenzende Zimmer. Antonio und sein Freund warteten geduldig.

Plötzlich fühlten sie sich an den Armen gepackt. Erschrocken drehten sie sich um. Die ‚Guardia Civil‘ verstand keinen Spaß.

Auf der Wache erfuhr Antonio, dass die Nummer des Ausweises ihn verraten hatte. Diese ‚Residencia‘ konnte nur einer Frau gehören.

Antonio verhedderte sich bei seinen Aussagen. Die Polizisten zeigten wenig Geduld. Schließlich gab er alles zu. Der Freund durfte gehen. Antonio musste bleiben über das Wochenende. Am Montag kam er vor den Haftrichter.

Man schob Antonio in einen kahlen Raum, dessen Mobiliar nur aus ein paar Steinbänken bestand. Dort froren schon einige andere Herren. Am Abend reichte man allen eine Blechschüssel mit wässriger Nudelsuppe. Nachts kroch die Kälte aus den Steinen und ließ sie nicht schlafen. Niemand erhielt eine Decke. - Als ein Kumpel Antonio von seiner Steinbank vertreiben wollte, ging er sofort zum Angriff über und verschaffte sich so einigen Respekt.

Das Wochenende entwickelte sich zum Horrortrip. Die nackte Birne in dem fensterlosen Raum grinste höhnisch auf Antonio herunter. Die Mitgefangenen versuchten gar nicht erst, ihm ihr Spanisch aufzudrängen. Und das Essen bestand nur aus Wassersuppe und trockenem Brot.

Antonio schienen Wochen vergangen, als man ihn am Montagmorgen mit den anderen zum Gerichtsgebäude transportierte. Dort wartete ein Dolmetscher auf ihn. Die Verhandlung dauerte nur wenige Minuten. Man verlas die Anklage und ermahnte ihn, bis zum Gerichtstermin die Insel nicht zu verlassen. Den deutschen Pass behielt der Richter.

Antonio hätte am liebsten laut gesungen. Als freier Mensch durfte er wieder frische Luft atmen - wenigstens für die nächste Zeit.

Als erstes suchte er einen deutschsprechenden Anwalt auf. Senor Martinez wiegte bedenklich den Kopf. „Eine üble Sache, Fälschung von Dokumenten. Das gibt ein paar Jahre."

Antonio starrte den Mann entsetzt an. „Ein paar Jahre? Nur wegen so einem Stück Papier? Können Sie denn nichts tun?"

Senor Martinez sah ihn empört an. „Bestechung kennen wir hier nicht. Allerdings könnte ich mir einen Weg vorstellen. Ich plädiere auf Unwissenheit - erwähne den Ausländer, das gibt mildernde Umstände. Ich müsste mit einigen Herren verhandeln."

Er schrieb eine Zahl mit vielen Nullen auf einen Zettel und schob ihn über die Schreibtischplatte. „Wenn Ihnen die Sache so viel wert ist?"

Antonio war sofort einverstanden. Er regelte die Angelegenheit wenige Tage später.

Es verging fast ein Jahr bis zur Verhandlung. Dem Anwalt gelang es in der Zwischenzeit, Antonio gültige Papiere zu verschaffen. Damit meldete er sich beim Finanzamt an und durfte offiziell arbeiten.

Zur Verhandlung erschien Antonio im guten grauen Anzug, begleitet von seinem Anwalt und einem Dolmetscher. Es wurde unheimlich viel geredet. Doch der Dolmetscher dachte gar nicht daran, alles zu übersetzen.

Er winkte ab: „Das meiste können wir uns schenken. Ist doch unwichtig."

Antonio musste vortreten, seinen Namen nennen und ein wenig von sich erzählen. Er zeigte dem Richter seine neuen Papiere und die Anmeldung beim Finanzamt. Das machte einen guten Eindruck. - Der Richter wollte wissen, ob er sich schuldig bekenne.

Antonio sagte eifrig: „Ja natürlich. Aber ich fand es nicht so schlimm. Ich wollte nur richtige Papiere."

Der Richter seufzte. „Urkundenfälschung ist ein schweres Delikt. Das muss bestraft werden."

Dann zogen sich die Herren zur Beratung zurück. Antonio

hockte bedrückt auf der Bank. Das konnte ja heiter werden. Er schielte zu seinem Anwalt hinüber. Der hatte doch gesagt, die Sache würde glimpflich ablaufen? — Nur der Dolmetscher freute sich. Je länger es dauerte, um so mehr Geld fiel für ihn ab.

Endlich kamen die Herren zurück. Der Gerichtsdiener klopfte auf sein Pult. Alle standen auf. Antonio musste vortreten. Dann verlas der Richter das Urteil.

Der Dolmetscher sagte leise: „Also, du kriegst ein halbes Jahr - auf Bewährung und 300.000 Peseten Strafe. Er fragt, ob du das Urteil annimmst."

Um Antonio wurde der Saal plötzlich hell und freundlich. Begeistert streckte er seinen Arm über den hohen Tisch und schüttelte dem verdutzten Richter die Hand. „Ich danke Ihnen. Klar nehme ich das Urteil an."

Er blickte auf seine Hände. Mit ihrer Hilfe würde er das Geld für die Strafe schnell zusammen bekommen.

Techno ist in

Leo Lüders stand vor dem Schreibtisch seines Chefs Karl Silber, dem Inhaber der Detektei ‚Silberblick'- Dieser neue Fall traf nicht gerade seine Vorstellung von einer tollen Verbrecherjagd. Er sollte die sechzehnjährige Zita suchen, die ihren Eltern ausgerückt war.

Karl Silber sagte abschließend: „Diese Sache erfordert Fingerspitzengefühl. Es handelt sich um äußerst honorige Leute. - Von all meinen Leuten kommen nur Sie in Frage. Sie haben die richtige Figur, um zwischen diesen jungen Typen nicht aufzufallen."

Als Leo das große Bürohaus verließ, stießen ihm Karl Silbers Worte noch sauer auf. Schön - er wirkte nicht gerade wie ein Athlet, aber auch nicht wie ein Hungerhaken. Er besaß den schwarzen Gürtel eines Karate Tigers und legte selbst schwergewichtige Ganoven auf die Matte.

Leo überlegte, wie er die Sache anpacken könnte. Der einzige brauchbare Hinweis kam von einer Freundin. Zita bevorzugte nämlich einen ganz bestimmten Techno-Schuppen. Leo seufzte, mindestens seit zehn Jahren mied er jede Disco. Und jetzt blieb ihm gar nichts anderes übrig, als sich wieder in dieses Gewühl zu stürzen.

Er besorgte sich in einem Second Hand Shop das nötige Outfit, alte Jeans, ein verwaschenes buntes Shirt und eine etwas mitgenommene Lederweste.

Am Abend besuchte er also diese Techno-Disco. Doch bei den irren Lichtfetzen unter hunderten von Verrückten das Mädchen zu finden, konnte er vergessen. Coole Bräute, die er aufriss, winkten gleich ab, wenn er das Foto zeigte. Vollkommen fertig von dem Lärm und dem Lichtterror taumelte Leo gegen Morgen in sein Bett.

Doch das Wochenende hielt noch mehr für ihn bereit. Am nächsten Abend beschloss er, nicht gleich in die Technowelt einzutauchen, sondern sich das Umfeld anzusehen. So entdeckte er die Kneipe gleich neben dem lauten Schuppen. Hier holten sich die Tänzer billige Getränke und auch mal eine Bockwurst. Das Geschäft boomte. Leo zeigte dem jungen Wirt das Foto von Zita.

Der meinte unsicher: „Schlecht zu sagen. Die Puppen sehen sich alle ähnlich, gleiche Frisur, gleiche Klamotten. Als wollten sie sich alle den gleichen Typ angeln."

Leo nahm sein Bier und setzte sich an einen der schmuddeligen Tische. Kurz darauf drängten lärmend drei Rocker in die Kneipe. Sie kamen auch aus dem Schuppen nebenan, denn ihre Handrücken zierten die üblichen Stempel. Sie setzten sich an den Nebentisch, tranken Whisky-Cola und prahlten mit ihren Weibern. Leo beachteten sie nicht.

Der lauteste stellte so ein Radio mit Batterien auf den Tisch. „Fünfzig, Eddi. Ein absoluter Sonderpreis."

Leo horchte auf, als Eddi maulte: »Zu viel für mich, Daff." „Macht halbe-halbe."

Der Dritte nickte. „Gut, gehen wir nach draußen."

Daff nahm sein Radio. Ein Schein flog auf den Tisch. Die

drei zogen ab.

Der Wirt strich das Geld ein. „Dieser Daff hat eine neue Braut. Könnte deine sein."

Leo ging zur Toilette. Von dem Fenster dort ließ sich der ganze Parkplatz überblicken. Die Typen standen bei einer schweren Maschine. Leo begriff, dass der Preis für das Radio nicht fünfzig Euro betrug. Denn viele Scheine wechselten den Besitzer. Fünfzig Mille? In dem Radio musste ganz heiße Ware stecken.

Als die Kerle sich wieder in den Schuppen absetzten, verließ auch Leo die Kneipe. Zuerst schrieb er die Nummer des Motorrads auf. Dann wagte auch er sich in das Schlachtgetümmel, wo Lärm und Licht ihre Waffen wetzten, um sich zu übertrumpfen. Jetzt wusste Leo, wo er suchen musste. Grölend saß Daff mit einer Clique an der improvisierten Bar. Das Mädchen neben ihm musste stehen. Hin und wieder klopfte er auf ihr Hintern. Das schien ihr zu gefallen.

Leo drückte einem Jungen einen Zwanziger in die Hand. Er sollte sich hinter das Mädchen stellen und laut Zita rufen. Es klappte, sie drehte sich um. Daff sprang sofort auf. Doch der Junge hatte wohl so etwas geahnt. Er war schon im Gewühl untergetaucht.

Leo ging ins Freie und setzte sich in seinen Wagen. Er musste lange warten. Erst als es hell wurde, kam Daff mit dem Mädchen. Er schien ziemlich angetrunken. Sicher fuhr er deshalb mit dem heißen Ofen so schnell und gewagt durch die Stadt, dass Leo ihn aus den Augen verlor.

Bei der Zulassungsstelle besaß Leo einen guten Freund.

Schnell bekam er Name und Adresse von Daff, alias Daniel Fuchs. Leo trieb sich in der Nähe seiner Wohnung herum und entdeckte Zita im Supermarkt. Doch er sprach sie nicht an.

Karl Silber und Leo beschlossen, noch nicht die Eltern zu benachrichtigen, sondern zuerst die Polizei. Man versprach ihnen dort, Zita aus der Sache herauszuhalten. Der gute Daff wurde beim nächsten Deal geschnappt - mit einem Riesenpaket Tabletten - Ecstasy, die Disco-Droge.

Leo holte Zita von der Wache ab und brachte sie zu ihren Eltern. Die überhäuften sie mit Vorwürfen und drohten ihr etliche Strafen an.

Leo nahm sie etwas bei Seite. „Tut mir leid. Deine Sippe ist ja von vorgestern. Nur - dein Daff taugt erst recht nichts. Der hätte dich eines Tages einfach fallen lassen." Sie winkte ab. „Nächstes Mal bin ich schlauer."

Bankgeschäfte

Martha, eine kleine zierliche Frau, hatte es auf diese spanische Insel verschlagen. Hier kümmerte sich niemand darum, ob sie mit ihren 77 Jahren nicht besser im Altersheim aufgehoben wäre. Dabei ging es ihr recht gut. Wenn man von den paar Tagen im Monat absah, die sie lieber im Bett verbrachte.

Sie lebte schließlich nicht allein. Ihre sieben Katzen sorgten mit ihren verschiedenen Temperamenten für immer neue Aufregung - und genügend Zärtlichkeit.

In der mit Möbeln vollgestopften Wohnung blieben für Martha und ihre Besucher nur schmale Gänge, um von einem Zimmer ins andere zu gelangen. Die Katzen dagegen tobten sich auf einer höheren Ebene aus.

Man musste sich wirklich fragen, was Martha mit den vier Fernsehern, den drei Nähmaschinen und anderen überflüssigen Geräten anfangen wollte. Aber keine Sorge, ihr fehlten bestimmt keine Argumente, das wortreich und überzeugend zu erklären. Die alte Dame ließ sich nicht einschüchtern oder gar auf die Füße treten.

Eines Nachmittags beschloss Martha, von ihrer Bank Geld abzuheben. Die Schalter waren natürlich längst geschlossen. Aber wozu besaß sie schließlich eine Karte, mit der sie jeder Zeit ‚Sesam öffne dich' sagen konnte?

Nicht weit vom Haupteingang der Bank gab es eine kleine Tür und dahinter einen winzigen Raum, nicht viel größer als eine Telefonzelle.

Den betrat Martha jetzt. Sie las noch einmal die Gebrauchsanweisung. Dann schob sie ihre Karte in den Schlitz, drückte auf ein paar Tasten und wartete. Ein Rattern zeugte von dem Fleiß des raffinierten Automaten. Und wirklich - die gewünschten Scheine rutschten wie von selbst ans Licht. Marthas Gesicht strahlte vor Stolz über den Erfolg. Niemand durfte sagen, dass sie in ihrem Alter nicht allein leben könnte.

Sie hielt ihre Tasche in der einen Hand und das Geld in der anderen. Sie hörte nicht, dass jemand die kleine Tür vorsichtig öffnete. Eine Hand schob sich über ihre Schulter. Sie entriss der verdutzten Frau das Geld und verschwand wieder aus ihrem Blickfeld.

Mit verblüffender Schnelligkeit drehte Martha sich auf dem Absatz um und war mit einem Satz auf dem Fußweg. Sie bemerkte sofort den schmächtigen Jungen, der mit schnellen Schritten die Straße überquerte. Ihr Zorn gab ihr Riesenkräfte. Sie kümmerte sich nicht um die hupenden Autos, fuchtelte wild mit den Armen und rannte schreiend dem Jungen nach. Ehe der noch reagieren konnte, hatte sie ihn eingeholt.

Was dann geschah überstieg alles, was sich ein sonst so geschickter Dieb jemals ausmalen konnte.

Der Bursche versuchte noch zu fliehen. Doch Martha packte schon seinen Arm. Nun wollte er sie abschütteln — vergeblich. Sie trat ihn gegen das Schienbein und bohrte ihre Fingernägel tief in sein Fleisch. Ihre Katzen hätten das nicht besser gekonnt.

Passanten blieben stehen und bildeten in respektvoller Entfernung einen Kreis um die beiden Kampfhähne. Keiner wagte einzugreifen, um nicht selbst Federn lassen zu müssen. Dazu wusste auch niemand, worum es eigentlich ging.

Plötzlich hörten sie kreischende Bremsen. Ein Polizist sprang vom Motorrad und bahnte sich einen Weg durch die Zuschauer. Er wollte seinen Augen nicht trauen. Ein kläglich wimmernder Bursche versuchte dem harten Griff einer viel kleineren alten Frau zu entkommen.

Als der den Polizisten sah, rief er voller Hoffnung: „Socorro, socorro! Diese ‚bruja‘ bringt mich noch um!«

Doch auch Martha schrie jetzt. Denn das Wort ‚bruja‘ - Hexe traf sie wie ein Keulenschlag. Sie schüttelte den Jungen. Ihre Stimme kippte um. „Ich brauche Hilfe. Dieser Junge ist ein Dieb. Er hat mir mein Geld weggenommen." Die resolute Frau wirkte nicht so, als müsste ihr irgendjemand helfen.

Der Polizist fühlte sich überfordert und rief einen Streifenwagen. Vorsichtig näherte er sich den beiden Kämpfern. Dann griff er blitzschnell beide am Arm und riss sie auseinander. Schon erschienen zwei weitere Polizisten und übernahmen den Fall. Sie bugsierten die Frau und den jungen Burschen in ihren Wagen und nahmen sie mit zur Wache.

Martha gab keine Ruhe und erklärte auf spanisch und — wenn ihr die Worte fehlten — auf deutsch, was dieser Kerl ihr angetan hatte. Der Dieb war sicher keine achtzehn Jahre alt. Er saß in seiner Ecke und rief in den kurzen Pausen, wenn Martha Luft holte: „Sie lügt! Das Geld gehört mir selbst!"

Auf der Wache wurden die beiden erst einmal verarztet.

Denn ihre jeweilige Kampftechnik konnte man kaum als zimperlich bezeichnen. Während sie auf den Dolmetscher warteten, bekamen sie Kaffee. Als der Mann eintraf, klärte sich die Sache schnell auf. Martha besaß noch den Kontoauszug von der Bank, aber nicht das Geld. Das trug der junge Mann bei sich. Nach der ziemlich eindringlichen Befragung gab er schließlich alles zu. Martha bekam ihr Geld zurück. Plötzlich verließ sie ihr alter Kampfgeist. Ihre Knie zitterten. Sie konnte keinen Schritt mehr gehen. So brachte sie ein Polizeiwagen nach Hause.

Sie setzte sich auf ihr Sofa und gönnte sich einen kleinen Likör. Sie berichtete ihren Katzen von den schrecklichen Erlebnissen. Doch die gähnten nur gelangweilt.

So stellte Martha den Fernseher an. Ein gut gekleideter Mann erklärte gerade: „Wir leben heute im Computerzeitalter. Bits und Chips werden unsere Welt fortan beherrschen."

Cicero, der dicke, graue Kater, blinzelte müde. »Was nützt euch das schon? Ihr Menschen ändert euch ja doch nie."

Suleikas Tanz

Immer wieder passieren Morde, die nie aufgeklärt werden. Doch manchmal geschehen Dinge, die uns glauben machen, dass eine rächende Faust einen besonders üblen Verbrecher auf der Stelle zermalmt. So war es wohl auch in dem folgenden Fall.

Der Mann verspürte wieder diese Unruhe. Sie quälte ihn in der letzten Zeit immer häufiger. Er zog seinen Mantel an und verließ das Haus. Draußen regnete es, kein Wetter für einen längeren Spaziergang. Er schlug den Mantelkragen hoch. Die Straße glänzte vor Nässe. Die Autos spritzten Fontänen gegen seine Beine. - Es ging schon gegen Mitternacht. Die Häuser in dieser Gegend sahen nicht besonders einladend aus. Gegenüber lockte eine Neonreklame. Ein Schaukasten zeigte Fotos der Damen, die in diesem Etablissement auftraten.

Den Türsteher hatte wohl der Regen verscheucht. So kam der Mann unbehelligt bis zu der improvisierten Garderobe und gab den nassen Mantel ab. Ein beflissener Kellner führte den Fremden an einen Tisch nahe der Bühne. Trotz des schlechten Wetters befanden sich mehrere Gäste in dem intim beleuchteten Raum.

Es dauerte nicht lange und eine dieser auffällig geschminkten Damen kam an seinen Tisch. „Spendierst du mir einen Drink, Süßer?"

Großzügige Freier bestellten Champagner. Aber für den

Anfang durfte sie mit ihrem Cocktail zufrieden sein. Sie plapperte unentwegt. „Ich heiße Lola. Den Namen habe ich mir selbst ausgesucht. Findest du, dass er zu mir passt?"

Jetzt wurde die Bühne angestrahlt. Eine kühle langbeinige Blondine kam bis an die Rampe. Zu einer leisen Melodie begann sie sich sehr langsam zu entblättern. Sie hielt ihren Tanz wohl für aufreizend. Doch die Show ließ die Gäste so kalt wie ihr eingefrorenes Lächeln. Für Sekunden sah man ihren makellosen Körper.

Das Licht auf der Bühne erlosch. Lola klärte ihren Freier auf: „Sie heißt Inga. Sie hält sich für etwas Besseres. Dabei klatscht doch kaum jemand. - Aber die nächste Nummer wird dir gefallen. Das Mädchen nennt sich Suleika. Sie tanzt mit einer Schlange."

Der Fremde hörte ihr nur mit halbem Ohr zu. Seine eigenen Probleme beschäftigten ihn mehr als genug.

Endlich ging das Licht im Zuschauerraum wieder aus. Sanfte Farben erhellten die Bühne und weckten zusammen mit der orientalischen Musik vergessene Träume. Zwei Männer in Pluderhosen und mit Fez schleppten einen großen Korb ins Rampenlicht. - Dann erschien Suleika. Das flammend rote Haar reichte ihr bis zur Taille. Sie trug ein kurzes Oberteil und eine weite Hose aus Seide, die den Nabel frei ließ. Viele goldene Ketten, Fransen und Glöckchen tönten leise. Zu der fremdartigen Musik tanzte Suleika mit weichen Bewegungen über die Bühne. Unmerklich steigerte sich das Tempo. Ihre Hände züngelten empor wie Schlangen, ihr Leib bewegte sich immer schneller. Die Musik endete mit einem Trommelwir bel.

Suleika griff nach einer Flöte und entlockte ihr hohe aufreizende Töne. Niemand der Anwesenden wagte zu atmen.

Wer sah sie zuerst? - Ganz langsam hob sich der Deckel des großen Korbes und fiel zur Seite. Der Kopf einer Schlange schob sich in die Höhe, dann ein Teil ihres Körpers. Sie wiegte sich mit der fremden Melodie. Dann neigte sie ihren Kopf hinunter zum Boden, glitt aus dem Korb und folgte mit schnellen Windungen den weichen Schritten der Tänzerin. Jetzt erst bemerkten die Gäste, dass die Boa Constrictor mehr als vier Meter lang sein musste.

Suleika gab die Flöte einem der Männer im Hintergrund. Die Musik setzte wieder ein. Jetzt hob das Mädchen die Schlange hoch und legte sie sich um ihren Nacken. Das Reptil ringelte sich um ihre Arme, und sein Kopf schob sich auf Suleikas Hand. Der Tanz des Mädchens mit der Schlange weckte die Illusion, als vereinigten sich die beiden Körper.

Plötzlich ließ Suleika die Schlange in den Korb gleiten. Das Licht erstarb. Rasender Applaus folgte der Darbietung. Der Fremde atmete schwer. Er konnte kaum seine Erregung verbergen. Er zerrte an Lolas Arm. „Los, sag schon, wo hat das Mädchen seine Garderobe?"

Lola meinte gelangweilt: „Ich kenne sie nicht weiter. Sie ist neu hier."

Er schob einen Hunderter über den Tisch und drängte: „Raus mit der Sprache! Wo finde ich sie?"

Lola griff nach dem Schein. Sie fühlte sich gekränkt. „Sie wohnt auf Nummer 13. Was willst du von der? Die kann das auch nicht besser als ich."

Der Fremde achtete nicht weiter auf ihre Worte. Er bestellte für sich und Lola noch einen Drink. Nervös wartete er auf das Ende der nächsten Show. Dann empfahl er sich.

Jemand klopfte an Suleikas Zimmertür. Als Star durfte sie nämlich hier im Haus wohnen.

Eine Stimme flüsterte: „Mach auf, wir haben etwas zu besprechen."

Sie meinte den Tonfall des Direktors zu erkennen und öffnete. - Ein Fremder stand plötzlich im Zimmer. Eine Messerklinge blitzte im Lampenlicht. Er schob mit dem Fuß die Tür zu und zischte: „Wenn du schreist, stoße ich zu."

Suleika zitterte vor Angst. Wer sagte ihr, dass dieser Mann sie nicht auf jeden Fall töten würde? Sie öffnete den Mund.

Der Fremde hielt Wort. Er stieß sofort zu - noch einmal und immer wieder. Ihr Schrei glich nur noch einem Röcheln. Der Mann riss ihr die Kleider vom Leibe und warf sie auf das Bett.

Als Suleika am nächsten Morgen nicht zum Frühstück erschien, wurde das Personal unruhig. Man lief zu ihrem Zimmer, rüttelte an der Tür und rief ihren Namen. Doch sie meldete sich nicht. Die Polizei kam und brach die Tür auf.

Schaudernd wichen alle zurück. Auf dem Bett lag nackt und blutbesudelt das Mädchen. Sie war tot.

Nur ein paar Schritte von ihr entfernt lag ein seltsam verrenkter Männerkörper auf dem Boden. Er glich einer Stoffpuppe ohne Knochen und Gelenke - von einem Kind achtlos fortgeworfen. Seine toten Augen starrten immer noch in blankem Entsetzen gegen die Zimmerdecke.

Der Direktor des Unternehmens ging unsicher zu dem großen Korb in der Ecke. Der Deckel lag daneben auf dem Boden. Er warf einen Blick hinein. Friedlich zusammengerollt schien die Schlange zu schlafen.

Schinken aus Polen

Egon saß missmutig in seiner Kneipe. Er kam einfach auf keinen grünen Zweig. Soviel er auch rechnete, unterm Strich blieb gerade genug zum Überleben.

Er arbeitete wirklich viel. Daran lag es nicht. Seine Stammkunden rissen sich um seine Croques - Riesenbrötchen mit verschiedenen Füllungen. Besonders gefragt waren die mit Schinken und Krautsalat. Doch bei den Kosten für die Zutaten blieben ihm nur Cents. Und die Preise erhöhen? Er hörte schon den Protest. Der Wirt um die Ecke verlangte doch auch nicht mehr.

Jemand hämmerte an die Tür. Es wurde Zeit, das Lokal zu öffnen. - Mehrere Männer besetzten die Hocker vor dem Tresen. Bald diskutierten sie lebhaft das letzte Fußballspiel von St. Pauli oder dem HSV. An einem Tisch hielt die Toilettenfrau vom Messegelände Hof. Sie kannte viele Prominente. Immer wusste sie tolle Geschichten - und keine davon war gelogen.

Anna kam und arbeitete in der Küche. Es war laut und der Raum ziemlich verräuchert. Egon und Anna gönnten sich keine Pause.

Gegen Mitternacht kam ein Gast herein, den Egon nicht kannte. Der kleine schmächtige Mann setzte sich auf den Hocker in der Ecke. „Ein Bier! — Damit du weißt, mit wem du redest, ich heiße Ede."

Er beobachtete den Wirt. Schließlich bestellte er sich ein Croque mit Schinken und Krautsalat. Nachdem die Riesenportion in dem kleinen Mann verschwunden war, meinte er: „Schade, der Schinken ist nicht gerade Spitzenklasse. Dein Croque könnte noch besser schmecken."

Egon protestierte ärgerlich: „Was verlangst du für den Preis? Meine Gäste kommen so schon nicht mit der Hand in die Tasche."

Ede beugte sich über den Tresen. „Ich kann dir prima Hinterschinken aus Polen besorgen - 1 A Qualität - und zum Superpreis."

Er schrieb Zahlen auf einen Zettel und schob ihn Egon vor die Nase. „Für eine 2 kg Dose - versteht sich."

Der Preis konnte sich sehen lassen. Der billigste Vorderschinken kostete ja schon doppelt so viel. Egon sagte langsam: „Und du bietest wirklich gute Qualität?"

Edes Augen funkelten listig. „Mein Wort! Allerdings musst du zehn Dosen auf einmal abnehmen. Großhandel, verstehst du?"

Ede sah Egons Interesse schwinden. „Ich mache dir ein Angebot. Beim ersten Mal zahlst du erst nach vierzehn Tagen. Wenn dir die Ware nicht gefällt, nehme ich sie zurück.«

Ein Handschlag machte den Handel perfekt. - Der Schinken erwies sich als erstklassig. Egons Umsatz stieg von Tag zu Tag. Sehnsüchtig wartete er auf die nächste Lieferung. - Das Geschäft lief super. Und jetzt blieb auch mancher Euro bei dem Wirt hängen.

Natürlich merkte er bald, dass bei dem Handel etwas nicht

stimmte. Er bekam nie eine Rechnung. Und einmal bat ihn Ede, die Dosen selbst abzuholen. Der LKW wäre liegengeblieben. Auf einem Waldweg stand ein Container. Ein schmieriger Typ verkaufte an mehrere Autofahrer Schinken, so viel sie haben wollten. Egon beschloss, sich darüber keine Gedanken zu machen.

So etwas konnte ja nicht ewig gut gehen. Eines Tages blieben Ede und seine Schinken aus. Egon fragte überall herum. Doch niemand kannte Edes Adresse, nicht einmal seine Telefonnummer. Egon musste also wohl oder übel wieder auf schlechteren Schinken umsteigen. Der große Boom fand so ein plötzliches Ende.

Nach Monaten - Egon kam gerade vom Finanzamt - sah er den Schinkenlieferanten auf der anderen Straßenseite. Als Ede ihn bemerkte, wollte er sofort abhauen. Doch Egon war schneller. Er umklammerte Edes Arm. „He - was ist los? Warum bringst du keinen Schinken mehr? Ich würde auch mehr zahlen."

Ede sah ihn giftig an. „Vergiss das Geschäft. Die Sache hat sich totgelaufen."

Egon lockerte den Griff kein bisschen. So bequemte Ede sich zu einer Erklärung. „Wir sind selbst ganz schön sauer. Das kannst du mir glauben. So ein sicheres Geschäft! Die richtigen Leute versorgten uns mit den richtigen Tipps. Auf dem Verschiebebahnhof luden wir unseren Anteil aus. Mit der Zeit fanden wir immer mehr Abnehmer. So brauchten wir bald einen ganzen Container. Nie gab es Ärger. Niemand verdächtigte uns."

Er strich sich über die Augen. „Nur beim letzten Mal ging alles schief. Ich begreife das heute noch nicht. Die Papiere waren in Ordnung, der Inhalt des Containers als Hinterschinken aus Polen deklariert.

Stell dir unser Entsetzen vor, als wir den Container in unserem Versteck aufmachten. Die ganze Ladung bestand aus Pistolen. Wir rissen alle Kisten heraus und warfen sie auf die Erde - nichts als Pistolen.

Wir verzichteten auf das Geschäft. Das Ding war für uns ein paar Nummern zu groß. Wir diskutierten nächtelang. Es gab nur eine Erklärung. - Jemand musste von unseren Beziehungen gehört haben und nutzte das ganz kaltblütig aus."

Standesgemäß

Eberhard saß an seinem breiten altdeutschen Schreibtisch und spielte mit seinem teuren Schreibgerat. Sein Blick wanderte durch den Raum, dessen Interieur seinen Erfolg widerspiegelte.

Ja, er durfte zufrieden sein. Er hatte es geschafft.

Das Summen des Telefons störte seine angenehmen Gedanken.

Die Stimme seiner Vorzimmerdame flötete mit leicht ironischem Unterton: „Herr Direktor, Ihre Gattin lässt sich nicht abweisen."

Noch ehe Eberhard auch nur ein Wort sagen konnte, betrat schon seine aufregend schöne Ehefrau den Raum. Sie schritt zur Sitzgruppe und nahm in einem der schweren Ledersessel Platz.

Vorwurfsvoll wandte sie sich an ihren Gatten. »Was soll das Getue von dem Paradiesvogel da draußen? Ich sehe doch, dass du nicht ausgelastet bist. — Ich muss etwas Wichtiges mit dir besprechen."

Eberhard seufzte ergeben. „Simone, was kannst du schon von mir wollen? Bares nehme ich an. Wie viel darf' es denn dieses Mal sein?"

Sie stand auf, kam zum Schreibtisch und stemmte ihre kleinen, kräftigen Hände auf das Holz. „Wie außerordentlich großzügig von dem Herrn Direktor! Ich bin nicht eine von deinen vielen Abenteuern, sondern deine dir rechtmäßig angetraute Ehefrau. Ich kann wohl verlangen, dass ich überall einen standesgemäßen Eindruck hinterlasse."

Diese lange Einführung nervte Eberhard. „Nun komm schon zur Sache. Ich muss gleich zu einer Sitzung."

Sie ging betont langsam zu ihrem Sessel zurück, setzte sich und schlug die wohlgeformten Beine übereinander: „Diese Sache ist für mich sehr wichtig. Du weißt, dass ich eine Fahrt nach Nizza plane. Da du anderweitig beschäftigt bist, muss ich auf deine Begleitung verzichten — also auch auf unsere standesgemäße Limousine der Extraklasse. Glaub nur nicht, dass ich mich in den unscheinbaren Zweitwagen setze. Man würde mich ja nicht einmal in das Nobelhotel hinein lassen. Nein - da brauche ich etwas Besonderes. Ein Jaguar ist genau das Richtige."

Jetzt sprang Eberhard auf. „Bist du verrückt? Weißt du, was so eine Karosse kostet? - Ich kaufe doch keinen Jaguar, nur weil meine Frau damit nach Nizza brausen will!"

Simone genoss seinen Zorn. Sollte er sich doch aufregen. Bisher hatte sie noch immer bekommen, was sie wollte. „Aber Ebertchen, du darfst natürlich auch damit fahren. Reizt dich das nicht?"

Ihn reizte nur eins, dass sie ihn Ebertchen nannte. Sie wusste doch ganz genau, wie sehr er diesen Namen hasste. Er betrachtete ihre wirklich erstklassige Erscheinung. Es gab genug Männer, die ihn um diese Frau beneideten. Die ahnten ja nicht, wie gern er sie ihnen abtreten würde.

Resigniert sagte er: „Gut, ich werde es mir überlegen. Die

Sache hat ja noch ein paar Tage Zeit. Ich werde dir meinen Entschluss rechtzeitig mitteilen."

Sie eilte zu ihrem Gatten und drückte ihm einen Kuss auf die Wange. „Ich wusste es doch. Du bist ein Goldstück, Ebertchen."

Schon verließ sie zufrieden den Raum, um noch irgendwelche wichtigen Einkäufe zu tätigen.

Abends traf Eberhard seinen Freund Egon. Verbittert erzählte er ihm von dem ausgefallenen Wunsch seiner Gattin. Aber Egon bedauerte ihn überhaupt nicht.

Seine Worte klangen sogar ein wenig gehässig: „Warum regst du dich auf? Du kannst dir doch einen Jaguar leisten, wo dein Betrieb so unverschämt floriert. Deine kleine Frau will doch nur mit ihrem noblen Gatten ein wenig angeben. Sei ehrlich, so ein Auftreten kann deinem Unternehmen bestimmt noch mehr Kredite verschaffen."

Eberhard beruhigte sich allmählich. „Na ja, wenn du meinst. Dann will ich mich überreden lassen. Gleich morgen werde ich die Sache in Angriff nehmen und mich um den Jaguar kümmern."

Sie wechselten das Thema und das Lokal. Es wurde noch ein ausgesprochen netter Abend.

Eine Woche später trafen sich die Freunde zufällig auf der Straße.

Egon erschrak über Eberhards Aussehen. „Was ist passiert? Bist du krank?"

Eberhard winkte ab und wollte weitergehen.

Doch Egon hielt ihn am Ärmel fest. „Nun erzähl schon. Hast du deiner Frau den Jaguar gekauft?"

Eberhard nickte düster. „Darum geht es ja. Und du hast mir noch zugeredet. Halt mich nicht auf. Ich bin gerade auf dem Weg zur Polizei."

Egon fragte entsetzt: „Hatte Simone einen Unfall?" „Oh ja, so kann man es wohl nennen."

Egon drängte: „Nun mach doch endlich den Mund auf. Vielleicht kann ich dir helfen."

Eberhard erzählte langsam: "Ich kaufte Simone also den gewünschten Jaguar - sehr elegant im Design.

Du kannst dir aber nicht vorstellen, wie schwierig es war, das gefährliche Biest in die Garage zu sperren."

Die Erbtante

Karl Silber, der Chef der bekannten Detektei ‚Silberblick‘ beschäftigte eine Reihe von Mitarbeitern. Einer von ihnen hieß Oskar Böse. Ein Name - wirklich passend für einen Ganovenkiller. Auf dem Gebiet machte Oskar auch so leicht keiner was vor. Sonst hätte er den Job nicht bekommen. Doch im Grunde seines Herzens war er ein gutmütiges Schaf. Er konnte einfach nicht ‚nein‘ sagen, wenn ein Kollege ihn anpumpte oder sonst seine Hilfe brauchte.

Karl Silber wartete schon auf seinen Mitarbeiter. Als Oskar sich durch die Tür schob, füllte seine massige Figur fast die ganze Öffnung aus. Sein Körperbau konnte leicht mit dem eines Grizzlys konkurrieren. Karl Silber wartete immer darauf, dass er wie ein Bär seinen Rücken an der Wand scheuern würde.

Oskar setzte sich vorsichtig. „Was gibt es, Chef?“

„Wie weit sind Sie im Fall Krogmann?“

»Ach Chef, die alte Dame macht sich selbst verrückt. Vor ein paar Wochen wurde bei dem Schlachter um die Ecke eingebrochen. Jetzt bildet sie sich ein, neulich wäre sie von Geräuschen an ihrer Wohnungstür aufgewacht. Jedenfalls hänge ich seit zwei Nächten in ihrer Wohnung herum und warte vergeblich auf den gefährlichen Einbrecher."

Karl Silber grinste zufrieden. „Sie zahlt, das zählt! - Zwei, drei Nächte müssen Sie das schon noch aushalten. Also an die Arbeit."

Oskar erschien also pünktlich bei Frau Krogmann zum Abendbrot. Sie verpflegte ihn wirklich gut. Später saßen sie noch ein wenig vor dem Fernseher. Dann ging die alte Dame zu Bett. Oskar machte es sich im Sessel bequem. Voller Neid dachte er an die tollen Fälle seiner Kollegen. Viel lieber hätte er sich mit diesem Mord an dem Apotheker beschäftigt oder mit dem so geheimnisvoll verschwundenen Gemälde. Auch das Bier konnte ihm diesen Job nicht schmackhafter machen.

Jetzt im Dunkeln hörte er das leiseste Geräusch. Die Uhr an der Wand tickte aber laut. Ein gleichmäßiges dumpfes Pochen drang durch die Wand zur Nachbarwohnung. Er überlegte - sicher die Bässe einer voll aufgedrehten Anlage. Irgendwo tropfte ein Wasserhahn. Das seltsame Schnaufen entpuppte sich als sein eigener Atem. Die Zeit schlich so langsam dahin, als steckte sie in einem Stau.

Plötzlich spannte sich Oskars Körper - er lauschte. Störte da nicht ein fremdes Geräusch seine empfindlichen Ohren? Bewegten sich da nicht schleichende Schritte im Treppenhaus? Doch nein - eine schmerzende Stille kroch langsam ins Zimmer. Sogar das Ticken der Uhr an der Wand verlangsamte sich. Sicher täuschte er sich.

Doch dann hörte Oskar ein leises Scharren. Jemand schob ganz langsam einen Schlüssel in das Schloss und drehte ihn vorsichtig herum - einmal - zweimal.

Behende sprang Oskar jetzt auf die Füße. Während der eintönigen Wartezeit der letzten Male hatte er sich einen guten Plan ausgedacht, einen eventuellen Einbrecher zu überrumpeln. Also bezog er seinen Posten hinter der schweren Gardine. Das fahle Licht einer Straßenlaterne stahl sich in die Stube, legte sich gespenstisch über die Möbel und kletterte als schmales Viereck an einer Wand hoch.

Eine fremde Person schob leise die Wohnungstür zu, durchquerte den Flur und betrat fast lautlos die Stube. Diese Person schien sich gut auszukennen. Sie benutzte keine Taschenlampe und machte auch kein Licht.

Oskar erkannte in dem Halbdunkel eine schmächtige, dunkel gekleidete Gestalt. Sie steuerte geradewegs auf den Schreibtisch zu, ohne irgendwo anzustoßen. Oskar wartete noch, bis sie die Geldkassette in den Händen hielt. Dann sprang er vor und packte den Eindringling am Kragen. Gleichzeitig knipste er die Schreibtischlampe an. Er sah in das ängstliche Gesicht eines mageren Mannes um die vierzig mit schütterem Haar. Die Kassette krachte zu Boden.

Der Mann wand sich wie ein Aal und zischte: „Lassen Sie mich los. Was machen Sie überhaupt hier?"

Vom Scheppern der Kassette aufgeschreckt, erschien Frau Krogmann in der Schlafzimmertür. Total verwirrt rief sie: „Alfred, wie kommst du hierher?"

Wie gelähmt hing der so Angesprochene jetzt in Oskars Fängen. Er starrte die Frau an wie ein Karnickel die Schlange. Endlich kam er wieder zu sich. „Tante, bitte hör' mich an."

Doch deren Tatkraft erwachte jetzt auch. Energisch bestimmte sie: „Oskar, setzen Sie ihn auf einen Stuhl und binden Sie ihn fest. Er soll uns nicht entwischen."

Völlig überrascht von dieser Wendung, fragte Oskar: „Soll ich nicht lieber die Polizei rufen?"

Die resolute Frau Krogmann triumphierte. „Dieser Ganove ist mein Neffe Alfred. Der Kerl glaubt wirklich, er könnte mich bestehlen. Den will ich mir selber vorknöpfen."

Sie knuffte Alfred in die Seite. „Los, raus mit der Sprache, du Dieb. Warum machst du so etwas?"

Ihr Neffe sank in sich zusammen. Er stammelte kläglich: „Du sagst doch immer, ich soll alles erben. Ich wollte mir nur ein bisschen was vorweg holen."

Die alte Dame belehrte ihn: „Jeder muss für sich selber sorgen. Wir besaßen früher auch nichts. Wo kommen wir hin, wenn jeder arme Schlucker sich gleich an anderer Leute Gut vergreifen würde."

Oskar unterbrach sie: „Moment, ich muss noch etwas klären." Er wandte sich an den mageren Mann: „Dieser Einbruch beim Schlachter? Geht der auch auf Ihr Konto?"

Alfred keuchte: „Nein! Bestimmt nicht! Hier bei der Tante, das ist doch etwas anderes. Ich weiß einfach nicht weiter. Die Schulden wachsen mir über den Kopf. 'Ne neue Arbeit finde ich auch nicht. Wie oft habe ich die Tante um Hilfe gebeten. Doch sie blieb immer hart."

Bevor Frau Krogmann wieder loslegen konnte, ließ Oskar sich von ihr unterschreiben, dass dieser Fall erfolgreich abgeschlossen wurde.

Als er die Wohnungstür hinter sich schloss und die Treppe hinunterging, hörte er immer noch die Strafpredigt der erbosten Frau Krogmann.

Ein ganz normales Geschäft

Paul verließ grimmig das große Autohaus. Auch hier hatte er sich anhören müssen, dass sein schöner Wagen unverkäuflich wäre, eben kein gängiges Modell.

Das durfte doch nicht wahr sein. Der tolle Schlitten sah aus wie neu. Paul verbrachte viel Zeit damit, ihn so tadellos zu pflegen. Laut Katalog sollte der Wagen noch elf Mille bringen. Doch niemand zeigte Interesse. Auf seine vielen Inserate in den verschiedensten Zeitungen kam kein einziger Anruf. Er ließ aus Verzweiflung sogar einmal den Schlüssel stecken. Doch selbst die Diebe ließen die Finger von der ungeliebten Karre.

Dabei gab es Autos, die wurden einem direkt aus der Hand gerissen. Welche wilde Hummel hatte ihn bloß gestochen, ausgerechnet diese Automarke zu kaufen?

Er brauchte das Geld wirklich dringend. Seine tollen Pläne entwickelten sich leider regelmäßig zu genau so tollen Pleiten. Und jetzt saß er so tief in der Tinte wie noch nie.

Paul fuhr langsam die Straße entlang. Trotzdem übersah er fast das verwitterte Holzschild an dem altersschwachen Tor: ‚Fritzes Autohof'. Er wagte sich hinein. Da standen drei müde Rostlauben herum. Das einzig vernünftige Auto gehörte wohl dem Besitzer der Klitsche.

Ein Mann kam ihm entgegen, sicher Fritz, der Eigentümer dieses zweitklassigen Autohofs. Er wischte sich die Finger an einem schmutzigen Lappen ab. Er mochte gleich alt sein wie Paul - so um die Fünfzig. Aber rundlicher und schon allein deswegen auch besser gelaunt.

Geduldig hörte er sich Pauls Geschichte an. Dann winkte er ihn in seine Bretterbude. „Komm Kumpel, trinken wir erst einmal ein Bier."

Fritz überlegte und sagte vorsichtig: „Ich wüsste 'ne Möglichkeit. Aber das vermittel ich nur, wenn du dich nicht pingelig anstellst und die Klappe hältst. Ich kenne nämlich einen supercoolen Typ. Der rückt die schwierigsten Sachen gerade.

Aber damit du klar siehst: Ich halte mich aus solchen Geschäften raus."

Paul gab ihm sein Wort und seine Telefonnummer.

Ein paar Tage später rief der supercoole Typ an. „Ich habe gehört, Ihr Auto macht Ihnen Probleme?"

Paul konnte das nur bestätigen.

Die Stimme des Mannes klang kühl und geschäftsmäßig. „Gut treffen wir uns heute Abend acht Uhr, Hauptbahnhof im Wartesaal 1. Klasse. Sie erkennen mich an meiner gelben Krawatte und dem Abendblatt auf dem Tisch."

Der Typ sah aus wie ein Manager auf Geschäftsreise, korrekt gekleidet und mit einem kleinen Koffer.

Er zeigte auf einen Stuhl an seiner Seite. „Was halten Sie von gebackenem Camembert? Den machen sie hier exzellent. Dazu ein Bier?«

Sie aßen mit Genuss. Der Mann wischte sich mit der Serviette über den Mund. „Und nun zum Geschäft. Wie kann man sich nur so einen ausgefallenen Wagen anschaffen. Kein

Wunder, dass Sie ihn nicht los werden.«

Paul reagierte ärgerlich. „Was soll das Gerede? Wollen Sie ihn kaufen?"

„Bewahre, ich fahre ein beliebtes Modell. — Seien Sie doch ehrlich. Ihre Karre gehört auf den Schrott."

Paul fehlten die Worte. Was wollte der Kerl? Ihm hundert Euro in die Hand drücken?

Der nachgemachte Manager sagte von oben herab: „Nun regen Sie sich bloß nicht gleich auf. Unsere Firma arbeitet ausgesprochen zuverlässig und korrekt. — Geben Sie mir Ihre Autoschlüssel. Sie haben doch noch welche in Reserve?"

Paul nickte ergeben.

„Gut, parken Sie den Wagen heute Abend auffällig in der Nähe Ihrer Wohnung. Warten Sie ab. Wenn Sie diese Schlüssel in Ihrem Briefkasten finden, melden Sie den Wagen als gestohlen! Das ist alles. — Übrigens, sobald die Versicherung gezahlt hat, bekomme ich drei Mille."

Paul konnte sein Glück kaum fassen. Er war in der Lage, seine Schulden zu bezahlen. Und trotzdem blieb immer noch eine schöne Summe übrig. Der supercoole Typ winkte dem Kellner und bezahlte die Rechnung.

Paul stellte das Auto genau vor der nahen Polizeiwache ab. Das schien ihm auffällig genug. Am nächsten Mittag stand dort ein fremdes Auto. Abends fand er die Autoschlüssel in seinem Briefkasten.

Paul meldete den Diebstahl. Es vergingen Wochen bis die Versicherung endlich die Kohle rausrückte.

Nur einen Tag später rief der supercoole Typ an: „Jetzt

sind Sie an der Reihe. Heute Abend, gleiche Zeit, gleicher Ort."

Als Paul das Restaurant betrat, saß der gut gekleidete Geschäftsmann vor einem üppigen Mahl. Paul bestellte sich nur ein Bier.

Nach dem Essen streckte der Mann die Hand aus. Paul holte den Umschlag mit dem Geld aus der Tasche. Ohne nachzuzählen verstaute der Mann die Kohle.

Kalt sagte er: „In Ihrem Interesse hoffe ich, dass die Summe stimmt. Noch existieren die Nummernschilder. Und bei einer Schrottpresse liegt ein kleines Paket aus Metall, das einmal Ihr Auto war.

Sollten wir nicht zufrieden sein, gibt es eine Anzeige wegen Versicherungsbetrug. Ich muss ja wohl nicht deutlicher werden?"

Dieses Mal ging der Managertyp ohne zu bezahlen.

Pedro, der Gelegenheitsarbeiter

Pedro sah aus wie jeder andere junge Canaris, klein, schmächtig und mit dunklen Haaren. Wie so viele hier auf dieser Insel lebte er von Gelegenheitsarbeiten. Jeden Morgen lungerte er auf dem Markt herum. Hin und wieder ließ ihn auch einer der Händler die schweren Gemüsekisten schleppen. Stolz brachte er seiner Mutter jede ehrlich verdiente Pesete.

Doch wer erfüllte seine Wünsche?

Bestimmt nicht die Touristen mit dem vielen Geld. Für sie existierten solche Jungs wie er gar nicht. - Doch deshalb musste man sie ja nicht gleich zu Boden stoßen und mit ihrem Geldbeutel abhauen. Da gab es elegantere Methoden.

Pedro teilte sich mit anderen Jungs den Strand. Er betreute in diesem Monat das Gebiet ganz im Norden. Hier zogen die Fischer ihre Boote an Land, wenn sie morgens vom Fang zurückkamen. Und im Schatten dieser Boote lagen die Touristen am liebsten.

Pedros Vorgehen verriet Köpfchen. Seine Opfer suchte er sich unter den Neuankömmlingen aus. Sie verrieten sich ja sofort durch ihre helle Haut.

Pedro nahm sich reichlich Zeit, die Leute zu beobachten. Wenn er ihre Gewohnheiten kannte, kam seine Stunde - so auch heute.

Das Ehepaar lag wie jeden Tag dösend im Schatten eines

Bootes. Pedro schlenderte zur anderen Seite des Bootes und legte sich auf den Bauch. Gerade so, als wollte er die Sonne genießen. Doch daran dachte er nicht. Denn auf ihn wartete eine Arbeit, die Fingerspitzengefühl verlangte. Er schielte unter dem Boot hindurch, nahm den bereit liegenden Bootshaken und schob ihn vorsichtig hinüber zu der anvisierten Tasche. Der Haken fasste den Griff. Ganz langsam zog er sie über den Sand auf seine Seite.

Stolz betrachtete er seine Beute. — Doch nun musste er besonders gut aufpassen. Jetzt folgte nämlich der schwierigste Teil des Unternehmens. Verstohlen sah er sich nach allen Seiten um. Niemand interessierte sich für sein Tun.

Betont harmlos stand er auf, klopfte ein wenig Sand von der Hose, nahm die Tasche, hob sie hoch und ließ sie in das Boot gleiten. Er wartete noch eine Weile, ehe er sich davonmachte.

Manchmal entdeckten die Leute den Verlust erst, wenn sie nach Hause gehen wollten. Doch heute sprangen sie schon auf, kurz nachdem die hässliche rosa Tasche im Boot verschwunden war. Sie riefen: „Haltet den Dieb! Haltet den Dieb!"

Pedro rannte natürlich so schnell er konnte über den Sand. Männer stellten sich ihm in den Weg und stoppten seinen Lauf.

Doch Pedro schrie empört: „Ich war das nicht! Seht, da vorne verschwindet der Dieb gerade in die Straße. Er zeigte seine leeren Hände.

Natürlich glaubten sie ihm. Alle liefen in die angegebene

Richtung. Doch der vermeintliche Dieb war nicht mehr zu sehen. - Und keiner ahnte, dass die Tasche noch immer in dem Boot lag.

Von Zeit zu Zeit gaben Pedro und seine Freunde eine Extravorstellung für die Touristen. Schließlich mussten die sich doch furchtbar langweilen. Dann lief einer von ihnen weg und zwei andere verfolgten ihn. Sie erwischten den Flüchtling immer. Es gab eine fürchterliche Prügelei - wie im Fernsehen. Es tat nicht besonders weh, sah aber richtig gewalttätig aus. Irgendwie entwischte der Dieb. Und die anderen liefen ihm schreiend nach. Es freute die Touristen, dass die Jungs ihnen helfen wollten.

Die Bestohlenen gingen auch heute wütend zur nahe gelegenen Wache. Die Polizisten schrieben alles auf. Doch wie sollten sie den gerissenen Burschen etwas beweisen?

Abends im Dunkeln kroch Pedro in das Boot und untersuchte seine Beute. Neben Zeitungen und Kleidung fand er eine Brille, einen teuren Fotoapparat und eine tolle Uhr. Das Bargeld steckte er sofort ein. Leider nur ein paar Peseten, denn man warnte die Touristen ja schon am Flughafen. Zum Glück ließen sie darum auch ihre Papiere im Hotel. Es tat Pedro immer leid, wenn er sie vernichten musste - wegen der Sicherheit.

Er packte die Sachen in eine Plastiktüte, zuletzt die zusammengefaltete Tasche. Nur die tolle Uhr steckte er ohne zu überlegen in die Hosentasche. Vorsichtig kletterte er aus dem Boot, ging über den Strand zur Promenade und dann geradewegs zu Fernandos Haus.

Der öffnete kurz und sagte barsch: „In einer Stunde", und schlug die Tür zu.

Für einen Unbeteiligten musste es so aussehen, als hätte er einen Bettler abgewiesen. Doch Pedro wusste Bescheid. Fernando besaß nämlich in der Nähe der Klippen eine alte Hütte.

Dort fand Pedro sich pünktlich ein. Fernando begutachtete die Ware. Die Tasche flog auf einen Berg anderer Taschen, die Kleidung landete in einem Müllsack. Die Brille und den Fotoapparat betrachtete er genauer. Endlich gab er Pedro 1000 Peseten und schob ihn wieder auf die Straße. Fernando lagerte die Sachen ein bis er sicher sein konnte, dass die Fremden die Insel verlassen hatten. Dann gab er die Klamotten auf den Markt, die besseren Sachen an ausgewählte Abnehmer.

Pedro ging in den Park, wo die Touristen an Tischen im Freien saßen oder auf den breiten Wegen herumspazierten. Er hielt die Uhr versteckt in der Hand. Wenn ihm ein geeigneter Kunde begegnete, zeigte er die Ware und murmelte: »Prima Uhr - alles Gold - nur 5000."

Doch keiner wollte anbeißen. Entweder fragte er die falschen, oder der Preis stimmte nicht. Er verlangte also weniger. Plötzlich drehte ihm ein Mann den Arm um und zog die Hand mit der Uhr nahe an sein Gesicht. „Zeig mal her."

Aber als hätte er sich verbrannt, ließ der Mann Pedros Hand sofort wieder los. „Kannst behalten. Die ist keine hundert Peseten wert."

Pedro ärgerte sich. Die Uhr sah wirklich gut aus. Verdun-sichert dachte er, hätte ich sie bloß Fernando gegeben. Er beschloss, lieber nach Hause zu gehen.

Doch es war zu spät. Links und rechts packten ihn zwei Polizisten hart am Arm. Sie nahmen ihm die Uhr ab und zerrten ihn ins Auto. Als er protestieren wollte, begrüßte ihn ein unfreundlicher Gummiknüppel.

Der Polizist auf der Wache betrachtete Pedro genervt: „Wann werdet ihr Bengel endlich schlau? Musst du ausgerechnet dem Mann die Uhr anbieten, dem du sie geklaut hast?"

Tot und begraben?

Ich wohnte noch nicht lange in dieser Gegend. Doch die gemütliche Kneipe an der Ecke hatte ich schon am ersten Tag entdeckt. Dort hockte ich oft nach Feierabend, trank mein Bier und aß auch manchmal eine Kleinigkeit.

Bald fiel mir ein hagerer Mann auf, der immer allein an seinem Tisch saß und in sein Glas starrte. Er unterhielt sich nie. Wenn einer der Gäste ihm ein Bier ausgab, verzog er keine Miene, sondern nickte nur kurz in die Richtung des Spenders.

Eines Abends verließ er ziemlich früh das Lokal. Mir fielen seine schlurfenden Schritte auf und der unnatürlich vorgestreckte Kopf.

Der Wirt kam zu mir, polierte die Tischplatte und sagte eifrig: „Das ist Kurt. Er lebt von der Sozialhilfe. Der hat auch schon bessere Zeiten gesehen." Er wischte ein zweites Mal über das Holz und verzog sich wieder hinter seinen Tresen.

Dieser Kurt interessierte mich. Ich vermutete sofort eine ungewöhnliche Story. So etwas aufzuspüren bedeutete für mich so viel, wie für andere der Tanz um das goldene Kalb.

Am nächsten Abend setzte ich mich in seine Nähe. Ich tat, als bemerkte ich seine abweisende Haltung nicht. „Ich bin neu hier. Es war nicht leicht, wieder einen Job zu kriegen. Ich fahre jetzt Zeitungen aus. Früher schrieb ich selbst Artikel. Doch heute gehöre ich zum alten Eisen. Meine Arbeit macht längst ein anderer."

Ich konnte nicht erkennen, ob er überhaupt zuhörte. Aber ich gab nicht auf. Jeden Abend setzte ich mich zu ihm und erzählte ihm von meinem abenteuerlichen Leben. Doch Kurt saß wie immer stumm auf seinem Stuhl und starrte in sein Bierglas. — So vergingen mehrere Wochen.

Ich schreckte richtig auf, als er plötzlich seinen Mund öffnete und langsam sagte: „Gegen dein Leben war meines richtig langweilig - bis zu jenem schrecklichen Abend. Die Geschichte verfolgt mich noch immer - bis in den Schlaf."

Er schwieg wieder. Ich drängte ihn nicht.

Endlich sprach er weiter: „Wir waren eine ganz normale Familie. Ich besaß einen kleinen Eisenwarenladen. Mit unseren zwei Kindern gab es nur die üblichen Probleme. An den Wochenenden ging ich zu Rudis Kneipe - Fußball gucken und Skat spielen. Dann traf sich meine Frau mit ihren Freundinnen. So lief das seit Jahren."

Er stockte, brach seine Erzählung ab, trank schnell sein Bier aus und ging. - Wieder vergingen Tage, an denen er schwieg und ich redete.

Überraschend erklärte er eines Abends aufgeregt: „Ich denke immer und immer wieder darüber nach. Vielleicht hilft es mir, wenn ich dir alles erzähle. Sollte ich deswegen Ärger kriegen, behaupte ich einfach, ich hätte mir alles ausgedacht."

Kurt nahm noch einen kräftigen Schluck, bevor er anfing: „Es war so ein Abend, an dem man keinen Hund vor die Tür jagt. Außer Alfred und mir waren keine Gäste in Rudis Kneipe. Der Wirt maulte, er wollte keinen Skat spielen. Und uns gefiel das TV-Programm nicht.

Da kam ein Fremder ins Lokal und schüttelte den Regen von seinen Klamotten. Er sah abgerissen aus und sprach ziemlich gewöhnlich. Aber Skat spielen konnte er.

Zwischen zwei Spielen schrie er, wie uns schien ohne Grund: „Dem Halunken dreh' ich den Hals um."

Er fuchtelte mit den Armen und ließ sich nur mit einem doppelten Rum beruhigen.

Doch noch immer verriet seine Stimme die kalte Wut. „Da treffe ich doch neulich diesen Zombie. Der versprach mir Arbeit - natürlich gegen ‚cash'. Vermittlungsprovision nannte er das. Wir verabredeten uns in der Stadt. Aber diese Missgeburt ließ sich nicht blicken.

Vor Wut platzt mir bald der Schädel. Ich sitze in einer fremden Stadt - ohne Arbeit. Und dieser Mistkerl lacht bestimmt über so viel Dummheit."

Der Fremde ließ die Arme sinken. Für den Augenblick hatte er wohl genug Dampf abgelassen. Alfred mischte die Karten. Mein Blatt konnte sich sehen lassen. Es wurde auch Zeit.

Denn bis jetzt gab es nur einen Gewinner - diesen Schreihals. Das allein verhagelte uns schon die Laune.

Je später es wurde, um so lauter und unangenehmer benahm sich der Fremde. Er verlangte sogar von uns, dass wir ihm helfen und ein Nachtquartier besorgen sollten.

Doch das Tollste kommt noch. Ganz zufällig bemerkte ich den Punkt im Rautenmuster auf der Rückseite meines Kreuzbuben. Ich blickte auf Alfreds Blatt. Er besaß eine Karte mit zwei Punkten. Pikbube?

Voller Empörung sprang ich auf und knallte meine Karten auf den Tisch. „Du Betrüger! Du hast die Karten gezinkt!"

Der Fremde grinste gemein. „Das Blatt stammt aus dieser Kneipe. Also seid ihr die Betrüger."

Jetzt griff Alfred ihn am Kragen. „Wer hat hier immer gewonnen? Das ist doch Beweis genug."

Der Fremde schlug sofort zu. Da hielt mich nichts mehr. Ich wollte auch mitmischen. Stühle fielen um. Wir kämpften verbissen. Doch Rudi — ein Bulle von Kerl — ging dazwischen. Mit wenigen Stößen trieb er uns auseinander. Der Fremde drehte sich zu seinem neuen Gegner um. Die Klinge seines Messers sprang Rudi entgegen. Dem blieb keine Wahl. Er schlug richtig zu. Der Fremde stolperte, schlug mit dem Kopf auf die Kante des Tresens und fiel zu Boden. Ich trat ihm noch gegen die Rippen. Irgendwie musste ich meine Wut loswerden."

Kurt atmete schwer, als erlebte er das alles noch einmal. „Der Kerl bewegte sich nicht. Er machte keine Anstalten aufzustehen. Aus seinem Mund lief ein roter Faden.

Wir untersuchten ihn und sahen uns erschrocken an. Der Mann war tot.

Rudi schloss das Lokal ab und stellte eine Flasche Rum auf den Tisch. Wir fühlten uns, als hätte man uns das Gehirn geklaut. Immer wieder sahen wir hinüber zu dem Mann am Boden. Erst mit ein paar Gläsern von dem scharfen Zeug im Leib gelang es uns, die missliche Lage zu begreifen. Wie konnte so etwas bloß passieren? Würde die Polizei uns die Geschichte glauben? Vor unseren Augen erschienen Bilder vom Knast und dem Rundgang im Hof. Nur das nicht!

Endlich sagte Rudi: „Es gibt eine Lösung. Wir müssen den Kerl verschwinden lassen. Den vermisst hier sowieso niemand."

Wir berieten nun, wo man eine Leiche am besten loswerden kann. Zum Fluss war es zu weit, ebenso bis zu einer Landstraße, um die Leiche aus dem Auto zu werfen. Der Friedhof wurde nachts verschlossen. Sonst hätten wir sie da vergraben können.

Die rettende Idee kam natürlich von Rudi. „An der Ecke steht doch der Container für Gartenabfälle. Die Müllmänner sind nicht besonders helle und merken vielleicht gar nicht, was sie transportieren."

Rudis Vorschlag gefiel uns. Wir griffen dem Toten also unter die Arme und schleppten ihn die Straße entlang. Bestimmt sah es so aus, als wäre der Kerl vollkommen betrunken. Ihn dann in den Container zu kippen, war für uns nur noch ein Kinderspiel.

Wir fühlten uns nicht wohl in unserer Haut. Am nächsten Abend trafen wir uns wieder bei Rudi - und von da an jeden Tag. Wir studierten alle Zeitungen, die wir auftreiben konnten. Der Mann im Container wurde nie erwähnt. Ich vernachlässigte meinen Laden und meine Familie. Immer häufiger saß ich schon am Vormittag bei Rudi. Meine Frau ließ sich scheiden.

Alfred starb ganz plötzlich an einem Schlaganfall. Und

Rudi? Eines Tages machten Rocker in seiner Kneipe Randale. Er konnte einem Messer nicht rechtzeitig ausweichen."

Kurt seufzte. „Die beiden haben es hinter sich. - Und mir bleibt nur die Hoffnung, dass der Mann gar nicht tot war. Vielleicht konnte er aus dem Container herauskrabbeln? Schließlich stand doch nie etwas in der Zeitung."

Wie du mir...

Fred starrte düster in den Pappbecher mit der Plörre aus dem Kaffeeautomaten. Normalerweise saß er pünktlich zu Arbeitsbeginn an seinem Schreibtisch und hatte nur das Wohl der Firma im Auge.

Aber heute zog das nicht mehr. Es war nämlich sein letzter Arbeitstag. Einfach wegrationalisiert hatten sie ihn. Das bedeutete für Fred das Aus. Mit seinen 53 Jahren konnte er sich nur noch beim Arbeitsamt Plattfüße holen.

Es begann alles ganz harmlos. Eine Tages schlich so ein Juppi durch den Laden und sah den Leuten bei der Arbeit auf die Finger. Danach legte er der Firmenleitung einen Bericht vor, wie der Betrieb rentabler arbeiten könnte. Reihenweise flatterten den Mitarbeitern Kündigungen auf den Schreibtisch.

Aber dieser übereifrige Jobkiller strich für seinen Bericht ein saftiges Honorar ein.

Dieser Aktion fiel auch die gesamte Buchhaltung zum Opfer. Es gäbe große Computerfirmen, die effektiver arbeiteten und ohne Krankmeldungen oder Urlaubsansprüche.

Fred durfte als einziger bleiben um die Belege für die mächtige Konkurrenz ihrer einstigen Abteilung vorzubereiten. Doch dieses bescheidene Glück dauerte nur wenige Tage.

Der Chef tat sogar äußerst mitfühlend. „Die eintönige Arbeit kann Sie doch nicht befriedigen. Die lächerliche Sortiererei kann leicht einer Ihrer Kollegen mitmachen. Leider gibt es in unserem Betrieb keinen anderen Job für Sie.

Wir halten uns natürlich an die gesetzliche Kündigungsfrist."

Heute hockte Fred nun zum letzten Mal hier in der Firma. Da konnte doch keiner von ihm verlangen, dass er auch nur einen Finger krumm machte.

Plötzlich dröhnte aus dem Lautsprecher die ärgerliche Stimme des Chefs: „Das gesamte Verwaltungspersonal hat sofort in meinem Büro zu erscheinen."

Fred hoffte schon, es gäbe eine kleine Abschiedsfeier für ihn, oder sogar ein Geschenk. Natürlich war diese Idee völlig abwegig. Das sollte er nur zu schnell erfahren.

Der traurige Rest der Angestellten bestand außer Fred nur noch aus acht Personen. Alle blickten erschrocken auf die drei Polizisten und die zwei Männer in Zivil, denen man sofort die Kripobeamten ansah.

Theatralisch zeigte der Chef auf den Tresor, durch dessen offene Tür sie nur einen Wust von Papieren sahen. „Was sagen Sie zu dieser Sauerei? Die Welt besteht nur noch aus Räubern und Betrügern. Mehr als 100.000 Euro haben die geklemmt." Seine Stimme überschlug sich.

Einer der Kripobeamten nutzte die Pause, als er nach Luft schnappte. „Nach allem, was wir in Erfahrung bringen konnten, waren hier Profis am Werk. Nirgendwo fanden wir Fingerabdrücke! Die Brüder arbeiteten mit Handschuhen."

Er wandte sich an die Angestellten. „Wer von Ihnen verließ gestern als letzter das Gebäude?"

Die Sekretärin meldete sich. „Ich musste noch einige Briefe schreiben. Die Putzfrau ging mit mir."

Der Kripomann sah sich die Angestellten der Reihe nach an.

Nein von denen besaß keiner die Courage, so ein Ding zu drehen. Ekelhaft wie sie vor ihrem Chef buckelten. Das verriet doch schon alles.

Nur dem Lagerverwalter traute er zu, dass er hin und wieder mal etwas mitgehen ließ. Aber die Kombination von einem Tresor rauszukriegen, dazu gehörte mehr, nämlich Fingerspitzengefühl und verdammt gute Nerven.

Danach folgten lange Einzelverhöre. Nachmittags sprach der Chef noch mit der Versicherung und der Firma, die den Tresor gebaut hatte.

Kurz vor Feierabend riss der Chef die Tür zu Freds Büro auf und knurrte: „Vergessen Sie nicht, Ihren Schlüssel abzugeben. Die Sache heute hat mir gelangt. Das soll mir nicht noch einmal passieren."

Er fand kein freundliches Wort. Freds Zukunftsaussichten interessierten ihn einen Dreck.

Fred sah dem Chef mit einem bösen Lächeln nach. Als er ging, ließ er seine Bürotür sperrangelweit offen. Den Schlüssel warf er der Sekretärin auf den Schreibtisch. Ihre freundlichen Abschiedsworte überhörte er.

Fred verließ das Gebäude und atmete tief durch. Bloß weg von diesem Stall! Zu Hause wartete seine Frau Grete auf ihn.

Sie hatte versprochen, ihn mit dem vollgestauten Wagen vor dem Haus zu erwarten. Niemand sollte sie beide daran hindern, sofort mit Sack und Pack aufzubrechen, um im sonnigen Süden allen Frust zu vergessen. Das Taxi fuhr ihm viel zu langsam. Endlich hielt der Fahrer vor dem großen Mietshaus. Fred zahlte und sah sich um. Doch Grete und der Wagen waren nicht da.

Konnte die Frau denn nie pünktlich sein? Er lief zur Garage. Der leere Stellplatz gähnte ihn höhnisch an. Er machte auf dem Absatz kehrt und rannte ins Haus und die Treppe hoch bis zu ihrer Wohnung im dritten Stock.

Er keuchte. Kalter Schweiß lief ihm über den Rücken. In seinem Mund bildete sich ein bitterer Geschmack.

Er öffnete die Wohnungstür, lief durch alle Zimmer und rief: „Grete! Grete wo bist du?"

Doch sie antwortete nicht. Die Möbel schienen ihm plötzlich fremd. Fast hätte er den zerknitterten Zettel auf dem Wohnzimmertisch übersehen:

> Mich brauchst Du nicht zu suchen. Ich habe mir nur genommen, was Du Macho mir nach 28 Ehejahren schuldest. - Grete

Fred ließ sich in einen Sessel fallen. Es dauerte Minuten, bis er diese Ungeheuerlichkeit begriff.

Grete war mit dem Geld abgehauen!

Das konnte doch nicht wahr sein! Das Geld gehörte ihm - ihm ganz allein. Er hatte doch das Ding vorbereitet, die Kombination ausspioniert und in der letzten Nacht den Einbruch bei seiner Firma riskiert...

Der himmelblaue Teddybär

Nichts reizte Fritzchen mehr, als im Schlafzimmer der Eltern zu spielen. Dort musste ein Geheimnis existieren. Warum sollten sie es ihm sonst verbieten?

Eines Tages stand er wieder dort vor dem Spiegel und schnitt Grimassen. Da hörte er die Mutter mit einem Fremden sprechen - genau vor der Schlafzimmertür. Ihm blieb keine Wahl. Er krabbelte in den großen Kleiderschrank und zog die Tür hinter sich zu. Was da gesprochen wurde, verwirrte ihn. Der Duft von Mutters schwerem Parfum benebelte seine Sinne.

Plötzlich wurde die Schranktür aufgerissen. Die Mutter drängte den fremden Mann: „Los! Schnell! Du musst da hinein."

Es wurde wieder dunkel. Fritzchen saß nicht mehr allein in dem Schrank.

Schon drang die ärgerliche Stimme des Vaters durch das Holz. Doch der Mutter gelang es bald ihn zu besänftigen. Denn er lachte laut.

Fritzchen stieß den Mann neben sich an. „Ich habe einen himmelblauen Teddybär."

Der flüsterte genervt: „Halt den Mund. Willst du, dass wir entdeckt werden?"

Fritzchen ließ sich nicht einschüchtern. „Du kannst ihn kaufen - für fünf Euro."

Der Fremde zischte: „Lass mich in Ruhe. Ich will den Bär nicht."

Der Junge flüsterte: „Wenn du ihn nicht kaufst, schreie ich."

Der Mann gab nach, zahlte und nahm den Bären. — Doch die Ruhe im Schrank währte nicht lange. Fritzchen meldete sich wieder: „Gib mir den himmelblauen Teddybär zurück, oder ich schreie."

Als hätte ihn das Plüschtier gebissen, warf der Mann dem Jungen den Teddy zu. „Nun sei endlich still."

Es dauerte aber nicht lange, da tönte die Kinderstimme wieder aus dem Dunkel: „Willst du meinen himmelblauen Teddybär kaufen - fünf Euro? Oder ich schreie."

Der Handel lief ab, wie beim ersten Mal. Und wieder verlangte der Junge seinen Teddy zurück. Der Mann schwitzte in dem Versteck - aber auch weil der Junge ihn nervte. Denn Fritzchen gab nicht auf. Mindestens zwölf Mal verkaufte er seinem Mitgefangenen den himmelblauen Teddybär, und genau so oft forderte er ihn zurück.

Schließlich gab der Fremde dem Jungen einen Schein. „Das ist mein letztes Geld. Mehr habe ich nicht bei mir. Beim nächsten Mal musst du eben schreien."

Aber dazu kam es nicht mehr. Bei ihren Aktivitäten hatten sie nicht bemerkt, dass im Schlafzimmer längst Ruhe herrschte.

Vorsichtig öffnete der Mann die Schranktür. Der Raum war leer. Erleichtert suchte er sich einen Weg ins Freie. Kurze Zeit später kletterte auch Fritzchen aus dem Versteck.

Als die Mutter am nächsten Mittag Fritzchen zum Essen rufen wollte, sah sie ihn auf einem nagelneuen Fahrrad elegante Kurven drehen.

Energisch fragte sie: „Wem gehört das Fahrrad?"

Fritzchen antwortete fröhlich: „Mir! Ein Mann hat mir das Geld geschenkt."

Die Mutter wurde böse. Doch der Junge blieb verstockt.

Endlich entschied sie: „Gut, wenn du es mir nicht sagen willst, gibt es ja eine andere Institution, wo du nicht lügen darfst. Du gehst in die Kirche und beichtest dem Pfarrer, woher du das Fahrrad hast."

Fritzchen ging mit gutem Gewissen in die Kirche. In dem Beichtstuhl saß der Pfarrer. Er kniete an der Seite.

Eine tiefe Stimme fragte: „Nun mein Sohn, was hast du mir zu sagen?"

Fritzchen wusste nicht so recht, wie er beginnen sollte. Er stotterte: „Also, ich habe einen himmelblauen Teddybär ..."

Da dröhnte eine wütende Stimme aus dem Kasten: „Nun fang nicht schon wieder damit an!"

Bücherverzeichnis von Gisela Seeger-Ays

Hallo Herr Zuber   vergriffen

Im Auge des Taifuns   vergriffen

Wohl dem der überlebt   vergriffen

Warum ist gestern nicht vorbei   vergriffen

Ginas Kleid / Krimi   Verlag der Criminale 2001
ISBN 3-935284-67-5

Regen im April / Roman   Allitera Verlag 2001
ISBN 3-935877-00-5

Lass die Finger davon / Krimi Verlag der Criminale 2002
ISBN 3-935877-72-2

Pest oderCholera / Roman   Allitera Verlag 2004
ISBN 3-86520-063-x

Von Falle zu Falle / Krimi   Verlag der Criminale 2005
ISBN 3-86520-117-2

Freunde in der Not / Krimi   Verlag der Criminale 2006
ISBN 3-86520-220-9

Nur Schlangen häuten sich /   BoD 2008
ISBN-13: 9783837064544

Zazaki / Science Fiction   BoD 2009
ISBN - 9783837089899

Wer will schon das Nirwana / Thriller   BoD 2010
ISBN 9783839118719